灰色の図書館

惟任將彥

新鋭短歌

灰色の図書館＊もくじ

灰色の図書館

読む時間

窓に星座の映る真夜中本を読むわれもいつしか本と変はりて

仕事帰りの人々集ひ帰るまで束の間過ごすコルシア書店

コーヒーを淹れる間の数分をうつぶせにされたるままの本

もろともに眠りに落ちし吾と本のかたはらに文字追ひかける猫

引越の前夜書物の整理中行方不明になりし友ゐて

新聞を広げ爪切る紙面には大量虐殺の文字躍り

異国より届きたる葉書の文字のあはひより立ち上りたる風

新幹線満席となり肘触れぬやうに本読む自由席にて

バスの中では本読めぬわれしかたなく窓外に本読む人探す

ベンチ・椅子・階段・芝生・病室のベッド・切株などに腰かけ

梟のごときサングラスの女首傾げつつ本を読みたり

待ち切れず河川敷にて本を読む少年のランドセルのみどり

左手に買ひ物袋右肩にショルダーバッグ右手には本

ファミリーレストランにて一人友人と言ふべき本と語らふ時間

たのしみは休日前夜探偵が謎解く本を読み耽る時

ある時はホームズのごと謎を追ひダートムアへと向かはむ心

積ん読の本たちが崩れぬやうに見守《まも》り続ける電気スタンド

空にレンズを向ける人ゐてそれを見てはじめて空を見上げる人々

雨音の優しさに慰められて悲しき物語読了す

騒がしき世界の中にも読む時間過ごしたる人確かにをりき

眼前の緑

真夏日を伝へるワイドショー赤の世界に黄色の人々映し

眼科医は緑色の眼球内に赤の海広がりつつありと

文鳥に餌をやらむと鳥籠を見ればくちなは胡坐かきをり

わが眼荒れたる朝食のパンの耳まで青黴に侵されて

火山には躑躅が似合ふ溶岩と雷《いかづち》に照らされたる夜の

ミサイルの飛び交ふ下を鯉幟あぎとふそれを目守《まも》るみどりご

滑り台滑り落ちたるみどりごの眼前にみどりが突つ立つて

はつなつのフリーマーケットにて見し苗売の腕枯枝のごと

スマートフォン片手に山の頂に立つはつなつの葬儀屋たちが

思ひ出はスマートフォンの中にある草花のみが流れるやうに

青野にて首絞めし友鉄鎚《かなづち》の木殺し面をわれに向けをり

梅雨入りを伝へる天気予報では沖縄にのみ傘開きたり

走る吾のからだは海へ溶けゐつつあらむ播州加古の川沿ひ

すぎゆきも思ひ出されぬ見渡せば尾上の畑に青葱ばかり

里芋の煮つ転がしに箸を刺す夕べ組み換へられし遺伝子

遠街《おんがい》の火事にも火災報知器が鳴り響きたる飲食《おんじき》のとき

夜半ペットボトルがひとりぽこんとふ声上げたれど明かり灯さず

洞《ほらあな》のやうな眼に雪の降る越後越中加賀能登若狭

森へと向かふ路面電車の眼前を背向《そびら》けつつ渡るけだもの

鞦韆を猫が漕ぎたり存在のあやふさにわが身を賭けむとし

鯤島記

風に聞くあれに見ゆるは基隆《キールン》のサン・サルバドル城なりしかと

伝書鳩基隆の岬より発ち美国《メイコー》へ渡りしと言ふも

瀑布より黄金の水流れ込み海は輝き増すばかりなり

龍《ドラゴン》がかつて抉りし山肌に勿忘草びっしりと生えて

捕虜収容所跡に建ちたる銅像のすべてが二人一組である

銅像の少年やをら金銀を採掘せし坑道へ誘ふ

谷からの風を受けつつ少年と食すタピオカ・豆腐・ピーナツ

この島の言葉知らねど人々は地図持つわれに話しかけたり

日本語にて誰彼となく話しかけこの島の朋作りたる友

マッサージ店にて月の輪熊から「貴様、何しに来たか」と言はれ

北回帰線通過したのち落陽に向かひて加速する新幹線

燕《つばくらめ》 弾丸のごと飛び立ちて古民家の壁突き破りたり

修善寺の大患のごと檳榔が吐き捨てられてゐる友愛路

掬ふたびその数増やす漆黒のタピオカミルクティーに溺れて

荷蘭人・平埔《ピンポ》族・漢人・日本人順番にこの島を獲り

日本には民族の英雄をらず胸板厚き鄭成功《ていせいこう》像

城壁の弾痕潜り抜けるたび紋白《もんしろ》蝶白く白くなりゆく

植民地時代の地図を手に迷ひ込みたる葬儀屋ばかりの街に

「聴雨軒」主人に勧められ飲むは臺湾啤酒《ピージュー》經典《クラシック》

臺南の海に落ちたる夕焼けをゼーランディアの城より眺め

銀杏

西瓜撃ち抜きてフルーツサラダなどいかがと笑ふブルースカイ氏

だしぬけに把手落ちたり虐殺をされしギタリストの手首のごと

だしぬけに動き出したる電動の剃刀父の帰宅知らせに

くちづけをせむと顔上げさせたるがごとく扇風機の首を上げ

この部屋に濃霧立ち込めたる朝の空気清浄機の役立たず

丸い目を開き立ちたる屑籠に目薬替はりの炭酸水を

新しき石像またも建てらるるそれを見てゐる古き石像

誰一人話すことなく満員のバスは春日野道を下りて

顔面の皺がワイシャツ、背広へとつながる男吊革持てり

アスファルト至る所に口開くすべて赤信号の三叉路

ボディビルダーのごとく節くれ立つコンビナート群赤黒く輝く

この夏の暑さしのぎに見る新潮文庫のモームとヘッセの棚を

墓前にはウォッカ風味のキャンディーを供へる備前国際霊園

指先ほどの怪物探す人々が集ふ漢方薬店前に

沸騰を知らせる湯気が上がるまで俺は薬缶に語り続けた

見たこともなき生物か否椅子だ椅子が椅子に座つてゐるのだ

今は亡き星々のため灰皿にスイートコーンの一粒捧ぐ

流星を認めたるのち手の募金箱に小銭の音が響きて

銀杏よ猫の目となり漆黒の世界を銀に塗り替へてくれ

最後にはこの手を離さねばならぬ青年スカイダイバー君は

灰色の図書館

灰色の図書館訪ふ白髪のホルヘ・ルイス・ボルヘスたちが

金色《こんじき》の雨は夜ごとにマグノリア打ち続けれど落つることなく

図書館の前には白き石畳今日も雨に洗はれてゐる

本棚の一冊抜けば湿り気のある文字たちが零れてゐるも
いかほどのブックカバーと帯たちが剝ぎ取られ燃やされたのだらう

本抜けば向かう側には目がありてわれの背後を覗き込みをり

灰色の図書館内に鮮やかなブックカバーの墓地があるとか

写真集開けばタオル・ハンカチとシャツ散乱する墜落現場

羽蟲が雪のやうに舞ひ降りて来たる最前線の戦場

見上ぐるほどの本棚並ぶ一隅にコピー機一台放置されをり

最上段の本を手に取る眺むれば一面天金煌めく世界

「あの本はつひに帰つて来なかつた」司書は刑事のやうにつぶやく

皆ヘッドフォン着けビデオ視聴する画面に爆撃機が四百機

百房の黒き葡萄に流星が衝突し粉微塵に砕く

文庫の塔つひに崩壊『黒死館殺人事件』も『ドグラ・マグラ』も

かなしみをはらみ海文堂書店ブックカバーの帆船進む

真夜中に地下より本の呻き声聞きし司書あり相談に来る

地下閉架図書室内に銀髪の仙人見たりとの情報あり

図書館の外に出ることなく暮らす本が何冊あるのだらうか

図書館の外も一面灰色の世界となりてわれを迎ふる

砂漠の町

砂漠の町に巨体の男ギルバート・キース・チェスタートン辿り着く

突風に砂が片眼鏡に当たりレンズが涙流してゐるも

この砂の町に転がりたる空のペットボトルに砂詰め込みて

失ひし記憶の一つ紙袋砂漠の町の宙を舞へり

この町に続く石畳もかつて流されし多くの血を吸ひたり

砂の砦に歩哨が一人その目にはみどりごのため作りし庭が
みどりごを胸に抱へるやうにして砂漠に横たはりたる女神も
この丘の向かうの海が映りたる乳白色の歩哨の眼

風に聞く噂によれば目薬に飲み込まれたる歩哨がゐると
砂の舞ふ町の公園にてラジオ体操したるロボットたちが
子供らが遊び場探す上空を無人偵察機が飛来せり

砦には辿り着けども竜巻に巻き込まれ背が縮んだやうだ

図書室の司書は一日一万の砂時計逆さにすると言ふ

図書室の本を開けば金色の砂が言葉を消し去りてをり

この砂の彼方より来る者を待つことこそが防人の生きがひ

砂の層泳ぐ三葉虫たちと戯れてゐる防人あはれ

ニーチェに似たる男掻き鳴らしたるギター夜の難民キャンプに響き

青き闇の砂丘歩めり燃え上がる二瘤駱駝の十四、五頭が

この砂海《サンド・シー》にもつひに客船が訪れたりと手記にはあるが

小男の神父砂漠に埋もれつつあるも洋傘《かうもり》手離さぬまま

オリオン崩壊

スマートフォン見るは自分を見ることとアントワーヌ・ド・サン＝テグジュペリ

この部屋の闇に片足踏み入れる子象のごとき掃除機連れて

サイズの違ふ白のワイシャツばかり干す墓標のごとき物干台に

流しでは模様の違ふ皿たちが洗はれぬまま水に打たれて

瓶、缶とペットボトルが集められ家族のやうにゐる台所

回収車に投げ込まるるゴミ死は至る所に生きて口開きをり

この満員電車も誰かの心臓が止まれば止まる三十分は

射殺されし男最後に図書館へ逃げ込みたりとキャスターが言ふ

『人心を操る技術』てふ本を抱へた男の真後ろに立つ

ニュー人生ゲーム一本のみ棒が乗りたる車、車椅子めき

モノクロの写真を撮れば公園の滑り台のみ白く写りぬ

荷車に乗せられ「ワレワレハウチュウジンダ」と園児らが行進す

「いらないわ。ほしくないのよ」日本語で話すビデオのスカーレットは

聞かれなくなりて久しきＣＤが崩れ落ちたる日曜の午後

シェービングクリームまみれの自画像が鏡の中でぐにやりと笑ふ

体液の染みたるベッドカバーには抱き合つてゐるミニーとミッキー

「取扱注意」と書かれた段ボール箱に入れられトマトは売られ

月蝕を見むとする人飼ひ犬に服着せる人同居する家

オリオン座崩壊の兆しこの星のこの国のこのわれにもすでに

真夜中の眼鏡屋の眼鏡に映るこの星の未来と箒星

I am a camera

インディアナ・ジョーンズ、　カヌーにて目指す先に輝くカミオカンデが

蚊帳吊りて繭のごと寝る子供らが蠢き始めたる朝焼に

ビジネスシューズ履くときシュッと音がする朝から「Come Together」が響きて

ランニングシューズすべてが右向きに並べられたるショーウインドー

ひた走るわがかたはらに寄り添ふは川のみ流れ生きてゐる世界

焼鳥の串一瞬に引き抜かれしがみつきたる葱もろともに

黒毛和牛の中に茶色や白の牛紛れ込み追ひかけらるる日々

踊れないこの国に残されたるは東京証券取引所のみ

黄の青の赤のカーテン閉ざさるるその背後には黒き室内

総天然色の百円ショップには白き眼と黒き頭髪

眼底検査眼開けばまつすぐな道の果てには赤き気球が

角も欠け眼も掠れ鬼瓦無人の家を見守りたるも

棚の上腕組み胡坐かきてをりもう鳴ることのなき黒電話

市営マンション一階の角部屋の窓「こどもおきば」と書かれてをりき

そこここでシャッター下ろす音がして男は愛車洗ひ始める

そこここの監視カメラがわれを撮るたましひの抜け殻のわれを

道端にただ佇んでゐるわれに道行く人の不審さうな目

戦争も憎しみも生きる意味さへも続きはウェブで御覧いただけ…

蟬の声・チェーンソー・サイレンなどが混じり合ひたる夏の夕焼

住民は監視カメラに見守られ囚人となり果てたのでした

衛星中継

嵌め殺しの窓を激しくノックする宇宙より届きたる大雨

旋回をしたるヘリコプター映す火星のクレーターの水面

君の差す深紅の雨傘はきつと宇宙からでも見えるのだらう

取り壊し予定のビルの屋上に星より来たる人を匿ひ

積りたる雪踏みしめる人々の消えたるのちのグレーの世界

ベースボール！ベースボール！

首を振る魔術師次はグローヴの中より何を投げむとするか

おしやべりで猫背のキャッチャー知つてるぜおまへほんとは猫なんだらう

突つ込んで来たるランナー阻止せむとホームに立ちはだかるプレデター

愛ゆえに女房役と呼ばるるかホームにて待ち構へる捕手は

棍棒のごときナン食ふわたしにもホモ・ハイデルベルゲンシスの血が

原始人のごときスイング一生に何度したことだらう長嶋

球面と球面がぶつかり合ひてはじめて物語動き出す

好物を聞かれ迷はず答へるは内角低めの半速球

変化球捉へて右へただ一度ボールが止まつて見えたことが

右利きの人とは左、左利きとは右のごと話せむものか

一日に二、三度肩を上げるのは練習ではなく癖です、ただの

試合中生まれたと聞き二リットルペットボトルを持ち上げてみる

相次いで天地書房とバッティングセンター閉店この世の終り

原発を推進せしは正力で野球愛せし人は正岡

平和台球場の空こんなにも世界はうつくしかつたのだらうか

「理想の世界疑ふなかれ」てふ歌詞が流るる八月の甲子園

三つのベースに人満ち風に砂が舞ひ打者、野手、客は投手《ピッチャー》を待つ

三塁線切り裂いてゆく白球を追ふアルプスの二人のゆくへ

五七五否六四三ランナーはスライディングののちに消える

野球にも表と裏があり攻守交替のひとびとの往来

殺し屋たち

殺し屋のアントニオ・ダス・モルテスがライフル構へ火を噴くまでに

竹刀持つ男が男の後走るある曇天の昭和町にて

チャリティーのＴシャツＳサイズがＬサイズのごとく引き伸ばされて

干されたる長袖のＴシャツたちが腕からませる午後十一時

袖まくりあげし記憶を保ちつつ漂白されたる白のワイシャツ

電源を入れるや否や加湿器の湯気より大魔王現れて

三匹の子犬引き連れたる老婆無人の乳母車を押してゆく

ままごとをしませうきみは洋服にぼくはソファーの猫になるから

吊革を捩ぢりたるとき捩ぢらるる片腕に走りたるクレヴァス

ロッククライミングウォールに手足かけそこここに人の顔顔顔

大量に脱ぎ捨てられし上靴のやうに死体は積み重ねられ

列車内迷ひ込みたる蛾が留まる広告の木星の写真に

電光掲示右より左に流れたり「恨みはなかつた。金がなかつた」

炭酸水蓋まはすとき音がする人ひとり死ぬほどの音が

目と口を開いた女試食するピンクグレープフルーツたちを

ああここにも叫び続けるものがゐるほどけつつある靴紐たち

だしぬけに猫背の男走り出す喜連瓜破駅改札付近

自転車が逆巻く白波のごとく徒歩通勤のわれを呑み込み

恐らくは額以外のわたくしを覚えてをられぬだらう恩人

わたくしが本を閉ぢるとその結果本が閉ぢられ今日が終る

希望

日本語学校入学式後の喫煙所 HOPE を胸いっぱい吸ひ込んで

書き取りの最中同時に消しゴムを手に取りたるは劉氏と孫氏

「ジャックさん、ミック・ジャガーは肉じやがぢやありませんよ」と言ふ五時間目

漢字を知らぬ人の前にて腕を組むわれは漢字のごと見えるらし

日本へ来て失ひしもの自転車に乗ることができぬといふ強さ

快晴の行楽列車外国の人はいややと移住する人

多くなる白髪ばかりに目が同じ年の学生との面談にて

「普通さうは言ひませんよ」と言ふことはわたしは普通ぢやないといふこと

同国人ゆえの語感の異なりが二人の溝を深めてゆくも

吾のコントロール定まらざるままに言葉のキャッチボール続けて

勝利後のベンチにてコーチとキャッチャー話し合ひたるごと話したし

顎長き男に殴らるるために列作りをるこの国のひと

アジア系、欧米系、アフリカ系の人々と擦れ違ふたまゆら

きのふはきのふ切つて捨てたる選択も壁走る鏄プリーモ・レーヴィ

中国語教室よりの帰途買ひしHOPEをはじめてうまいと思ふ

わがオフィスの椅子にはいまだ名はないがせめて背中は揉んでやらうか

皆好きな本読む午後のひとときに窓より秋の陽が差し込みて

机間巡視のたまゆら窓の外見れば街路樹たちがウェーブしてゐる

ドミニクのキムを励ます日本語がこの教室の主題歌となる

皆口を揃へ原爆資料館行きしと言ひて授業は終る

物語

一息に火酒《ウォツカ》呷りて身中のサラマンダー今目覚めむとす

いつまでも外国人を「さん」付けで呼ぶも差別の一つだらうか

手もてカレー食ひしを語る吾に寿司もさうぢやないかと言ふ人のあり

黄昏の市場《バザール》にてネパール人とことばを交はすといふ物語

海外を知らぬ新入社員にも時差ぼけのごと睡魔訪れ

富士山が見たしされども窓側の席にただよふ閉塞感が

渋滞の高速道路穏やかな顔の車が少なくなつた

千円の輸入盤にも一九七二年の物語あり

今朝彼奴《きやつ》の死刑執行　晩餐の鯛の尾頭付きの白目

エルキュール・ポアロ瞳に物語紡ぎたる目礼のたびに

アキレス遁走記

スタートはかつて晶子と鉄幹が逢瀬重ねし公園だとか

象の歩みのごと走りたるわれよりも歩行者信号疾く点滅す

介添をしたるフィリピン人されし日本人とのあはひを走る

旋風に木の葉舞ひたるその内を透明なもの回り続けて

眼裏に入り込みたるコンタクトレンズ帰つてこい五キロ過ぐ

ヴァン・モリスン否ヴァン・ヘイレンのポスターが風にたなびく十キロ地点

少年野球チーム「アトミックス」の子ら「がんばれ！」などと言ってくれるも

だんじりを見ることもなく岸和田を走り抜けたる一人となりて

町内の話題に花を咲かせつつ老爺らわれを抜き去りてゆく

細長く伸びたる影がわれよりも足取り軽く走り続けて

前走る人の呼吸と足取りを真似てこの三キロやり過ごす

苦しくはなき上半身ロボットのごとき足腰とに引き裂かれ

三十二キロ過ぎに現れたる橋は聳えてゐるとしか言へぬもの

スカイブリッジ登りたるわが眼前に走りたり天国への道が

ランニングタイツ締め付けたる腿が張り詰めてゆく長き坂道

三十九キロ地点周りの声援に靴が「モウダメダ」と言つてゐる

ラストスパートするはわれのみ老爺らを抜き返し後ろは振り向かず

ゴールライン越えたる刹那水平に両手広ぐる天使現れ

苦しみも喜びも湧き上がつては来ぬまま靴の紐ほどかむとす

アキレスは伸びた輪ゴムのごとなるも歩かざりけり止まらざりけり

時間

前世紀の甘き梨食むしやきしやきと二千十年代のひととき

石を枕に体横たへアレクサンドリア彼方の自由の女神

ＤＶＤマガジン第一巻ばかり背を向け並ぶ棚の空洞

グーグル・アースてふ地球あり傭兵といふ名の青春過ごす者あり

ホームには円盤投げ《ディスコボロス》のポスターが「今日も電車は遅れてゐます」

「映像を見たか」と問へば「見た見た」と大阪人はいつも二度言ふ

中空に蝶の舞ひたり　大音響ありしこの地に花はなけれど

波立ちしこころの底に草一本より始まりたる新たな時間

時間を守るひとたち出来事を優先させるひとたち暮すこの星
北極星《ポラリス》は四三一光年　この星の百年後の安全

石楠花通信

インディアン・ポップに合はせ山道を下るよバスは飛び跳ねながら

バス後部座席より眺むる谷を視界の上ではもう落ちてゐる

墜落の機体転落の車体静物画のごと断崖にあり

明日こそはその明日は百万年後今日も飛ぶなと風雲が言ふ

強風に目覚めたる夜テレビではクリケットまだまだ続いてゐる

空港の待合室にかかりたる暦は二〇六九年

ランドリーサービスのたび色褪せるTシャツをただ見つめてゐたり

かつて慧海の訪れし町にて人生三度目のリコンファームを

ムスタンの人はカトマンズのことをネパールと呼ぶ指差しながら

アウトサイダー・アート展覧会見たるのちのカフェにて出さるる真水

異国にて野球の選手名鑑を暗記するまで読みし日もあり

日本の第二外国語に手話がないといふこと思ひ出して
はじめましてこんにちはあなたはどこの民族なのかと問はれ問ひて

宇宙から見ればわれらはみな島の住民たるを川辺にて知る

砂の舞ふ川沿ひに点在するは「壺」といふ字のごとき寺院

ヒマラヤの使用済み切手の上をてんたう虫が登攀してをり

歩道橋やうやく下《くだ》りたる先に蜻蛉《あきつ》飛び交ふクリシュナ書店

アンナプルナ望みつつ考へてみるスパイスとハーブの境界線

ヒマラヤを後に従へ泥濘も岩も崖崩れも乗り越えて

来る所まで来てしまひ風を聞くことしかできぬふたりとなりて

まるい世界

ニューデリー、パース、リオデジャネイロなど世界一周双六ゲーム

銃乱射事件の現場より〝Good morning!〟と呼びかけるレポーター

ナイフもて鉛筆削るさういへばマイケルの鼻ばかり見てゐた

寝台に車載りたる絵を描くベッドフォードといふ名覚えむ

未踏の地世界地図よりなくなれどわれこの坂に名前を付けむ

母なるこのほしの胎内奥深く放射性廃棄物といふ眼

缶コーヒーブラックの蓋一捻り「中身が噴き出すおそれがあります」

バナナの皮の黒点滲みゆくほどの速さにて台風が近付き

塾送迎バスが待ちゐる午後十時ハザードランプ灯しながら

ペットボトルもんどりうつて倒れたりもう永遠に夜だ夜だ

多文化共生といふことばがありてかつて殉死の思想もありて

愛がことばを身につけさせる母国語と母語とのあはひただよふ子らと

オリジナル・サウンドトラック専門の中古ＣＤ店の土曜日

いくたびもいくたびも変換すれど「詩歌」が「詩以下」にしかならぬ

相席にて蕎麦啜りたり　ヴェテランの主審のごとき顔になりたし

草野心平詩集岩波文庫版カバーの緑草色となり

青空に紅葉映えるあの雲が雪山だつたらなあとつぶやく

この冬をハンガーにて過ごしたるコート震度一を感知し続け

疾風とともに去りたる朋いつも置いてけぼりのレストレイド

最後の力振り絞りたるごと指折り曲げて軍手はありき

解説　ハイデルベルゲンシス願望

林 和清

「今度、惟任というい学生がゼミの歌会に入ったんや」

塚本邦雄のはずむような言葉を聞いたのは、どれほど前のことだったろうか。塚本邦雄は、近畿大学文学部の教授となってから、本当に生き生きとして、学生とのふれあいを心底楽しんでいるようだった。それだけでなく、教授会はじめ大学の行事にも積極的に参加し、入試問題の作成や試験監督までよろこんでつとめていた。

わたしたち短歌の弟子は、「あの塚本先生が…。」とすこし意外な気がしていたのだが、かんがえてみればよくわかる。塚本邦雄の青春は、戦争によりふみにじられ、勉強することはおろか、好きなものを好き、ということさえできない暗黒の時代だったのだ。教授として教えることだけでなく、大学で存分に学ぶ、という空気を学生と一緒に謳歌していたのだ。

ゼミの学生を中心として「嚠喨」という歌会を立ちあげ、学生と一緒に無記名で出詠し、得票を競いあっていた。自作に点が入らないとむくれる、なんていうところも塚本邦雄らしい。

そんなころよく耳にしたのが、惟任將彦の名前だったのである。

窓に星座の映る真夜中本を読むわれもいつしか本と変はりて
引越の前夜書物の整理中行方不明になりし友ゐて
新幹線満席となり肘触れぬやうに本読む自由席にて
バスの中では本読めぬわれしかたなく窓外に本読む人探す
ベンチ・椅子・階段・芝生・病室のベッド・切株などに腰かけ

「読む時間」

これらの歌を「嚠喨」歌会に出詠したかどうかはわからない。ただ、狂おしいまでに本をもとめ、本とともに呼吸し、本と一体化して人生をおくる惟任の資質を塚本邦雄はひと目で見抜いたのだとおもう。かつて空襲の夜、灯火管制のなか、押し入れにスタンドを持ち込み、息を殺して本を読みふけった若き自分の姿をそこに見いだしたにちがいない。

時代はかわり、どこにでも本はあふれ、どんな本もたやすく入手して読めるようになったとき、若者は本からはなれた。もっと安易で刺激的な娯楽が山ほどあるこの時代、本を友とするひとりの現代青年に、砂漠のように乾いて、美をもとめていた若き自分と同質のものを感じとったのだ。

「眼前の緑」

わが眼荒れたる朝食のパンの耳まで青黴に侵されて
スマートフォン片手に山の頂に立つはつなつの葬儀屋たちが
鞦韆を猫が漕ぎたり存在のあやふさにわが身を賭けむとし
森へと向かふ路面電車の眼前を背向《そびら》けつつ渡るけだもの

惟任自身は、塚本邦雄との短くも濃厚な交流の日々になにを学びとったのだろうか。これらの歌には、どことなく塚本邦雄の第一歌集『水葬物語』やそれ以前の作と似かよったイメージがある。たとえば塚本邦雄二十代のころのこんな歌。

無理矢理に生かされゐるかひひらぎの花見れば目が寒くてならぬ　塚本邦雄
ここは詩人の死ぬ巷ゆゑ一ひらの花と焰が遺しおかれき
華華しく生きむと帽子脱ぎたれどびしよ濡れの花見ゆるばかりよ

おそらく惟任は、膨大な塚本邦雄の歌業から、自分自身と年齢の近いころの歌に惹かれ、影響をうけたのだろう。「はつなつの葬儀屋」は、ひたい光らせた保険屋のパロディか。

学ぶはまねぶ、というからいくらでも学ぶのはよいが、肝心なのはそのあとである。惟任が自分自身と対話し、自分にしかない歌をどのように見つけていったのか。

首を振る魔術師次はグローヴの中より何を投げむとするか「ベースボール！ベースボール！」
おしやべりで猫背のキャッチャー知つてるぜおまへほんとは猫なんだらう
棍棒のごときナン食ふわたしにもホモ・ハイデルベルゲンシスの血が
原発を推進せしは正力で野球愛せし人は正岡
三つのベースに人満ち風に砂が舞ひ打者、野手、客は投手《ピッチャー》を待つ
三塁線切り裂いてゆく白球を追ふアルプスの二人のゆくへ

惟任はスポーツ青年でもある。野球の歌は正岡子規以来あるにはあるが、そんなに目立つ存在ではない。しかし歌集のなかほどでこの一連に出会うと、祝祭のように華やかな印象がのこる。

惟任の特徴は、対象をとおくにおいて観察しない。ぐっと身に引きつけて体感のなかにおく。だから野球の歌も、途中から彼の生き方の歌のにおいがしてくるのだ。

「ホモ・ハイデルベルゲンシス」は、六十万年ほど太古に生きた絶滅人類で、身長百八十センチ、

体重百キロほどの大柄な種族だったという。惟任には巨人願望があるのかもしれない。ハイデルベルゲンシスのようにおおきく、おおらかに生きたいという願望。しかし現代において、その願望は、人並み以上に精神の傷をもたらすことにもなる。誠実さのあふれでた彼の容貌や言動のどこかに、ふかい悲しみをたたえた人のもつ静けさが感じられるのも、時代や世界との齟齬からもたらされるものかもしれない。

本棚の一冊抜けば湿り気のある文字たちが零れてゐるも
いかほどのブックカバーと帯たちが剝ぎ取られ燃やされたのだらう
図書館の外に出ることなく暮らす本が何冊あるのだらうか
真夜中に地下より本の呻き声聞きし司書あり相談に来る
図書館の外も一面灰色の世界となりてわれを迎ふる

「灰色の図書館」

惟任は本のなかになにを見たのだろうか。本を書くという行為、本を読むという行為、どちらにもこの世界でたったひとりの自分と向きあうことを余儀なくされる時間がある。この絶対的な孤独の時間を本は認識させてくれるのだ。本を書いたものの孤独、本を読むものの孤独、そして本それ自体のもつ孤独。三者が一体となるとき、そこはあいかわらず灰色の世界ではあっても、孤独と向きあいながら生きてゆく糧をあたえてくれる場所となる。

ビジネスシューズ履くときシュッと音がする朝から「Come together」が響きて

「I am a camera」

電光掲示右より左に流れたり「恨みはなかつた。金がなかつた」　「殺し屋たち」

炭酸水蓋まはすとき音がする人ひとり死ぬほどの音が

「普通さうは言ひませんよ」と言ふことはわたしは普通ぢやないといふこと　「希望」

ペットボトルもんどりうつて倒れたりもう永遠に夜だ夜だ　「まるい世界」

まだまだ荒けずりでつたない語法もめだつ。しかし、うまい歌集にはない清新な力がここにはある。塚本邦雄最後の直弟子である惟任將彥の出発を、塚本邦雄が誰よりもよろこんでいるのはまちがいない。

二〇一八年六月十七日

あとがき

私が近畿大学文芸学部の塚本邦雄研究室のドアを叩いたのは、一九九六年のことでした。他学科の学生であるにもかかわらず、塚本先生とゼミ生のみんなは私を温かく迎え入れてくれ、その後、ゼミの歌会に参加するようになりました。短歌のことはまったく何も知らなかった私の作品に点が入ることは少なかったのですが、まれに先生に褒められると、本当にうれしくなったものでした。

しかし、大学卒業後、しばらく海外に行っていたことや、帰国後も日々の生活で精一杯だったことなどがあり、二〇〇五年に亡くなられるまで塚本先生にお会いすることはありませんでした。そして、短歌からはますます遠ざかっていきました。ただ、ゼミの先輩や同期生とは年に何度か会うことがあり、そのときには塚本ゼミのことを懐かしんでいました。

ようやく生活も少し安定してきたころ、また作歌への意欲が湧いてきました。「玲瓏」に定期的に出詠し、歌会にも参加するようになりました。そうしてできた作品をまとめたのがこの歌集です。二〇一二年から二〇一八年までの三〇五首を収めます。

もし塚本先生がいらっしゃれば、この三〇五首のうち、いったい何首を褒めてくださるだろうか、もしかしたら一首もないのではないかということを思います。特に表現技法においては至らないところが多々あります。また、自分の作品を世に問うことに対する恐れや不安もあります。それでも、先生が描こうとされた日本、あるいは世界のありようについて私なりの方法や視点で描くことで、先生の教えを少しでも継いでいきたいと思うのです。

最後になりましたが、監修の林和清様、書肆侃侃房の田島安江様、黒木留実様には大変お世話になりました。また、素敵な表紙画を描いてくださった花松あゆみ様にも感謝いたします。そして、歌誌「玲瓏」会員の皆様、および「噣吭」の仲間からも誌面や歌会等において貴重なコメントをいただきました。このように、多くの方々のおかげで今まで短歌を続けることができ、第一歌集を上梓することができました。ありがとうございました。

この歌集を恩師である塚本邦雄先生に捧げます。

二〇一八年七月　名古屋にて

惟任將彥

■著者略歴

惟任將彥（これとう・まさひこ）

1975年、兵庫県加古川市に生まれる。歌人、日本語教師。
近畿大学文芸学部在学中に塚本邦雄ゼミに所属、作歌を始める。
歌誌「玲瓏」会員。
2018年、第28回玲瓏賞受賞。

「新鋭短歌シリーズ」ホームページ　http://www.shintanka.com/shin-ei/

新鋭短歌シリーズ42
灰色の図書館

二〇一八年八月十一日　第一刷発行

著　者　惟任將彥
発行者　田島安江
発行所　株式会社　書肆侃侃房（しょしかんかんぼう）
〒八一〇・〇〇四一
福岡市中央区大名二・八・十八・五〇一
TEL：〇九二・七三五・二八〇二
FAX：〇九二・七三五・二七九二
http://www.kankanbou.com　info@kankanbou.com

監　修　林　和清
装　画　花松あゆみ
装丁・DTP　黒木留実
印刷・製本　株式会社西日本新聞印刷

ISBN978-4-86385-329-4　C0092

新鋭短歌シリーズ

好評既刊 ●定価：本体1700円＋税　四六判／並製（全冊共通）

[第 1 期全 12 冊]

1. つむじ風、ここにあります
木下龍也

2. タンジブル
鯨井可菜子

3. 提案前夜
堀合昇平

4. 八月のフルート奏者
笹井宏之

5. NR
天道なお

6. クラウン伍長
斉藤真伸

7. 春戦争
陣崎草子

8. かたすみさがし
田中ましろ

9. 声、あるいは音のような
岸原さや

10. 緑の祠
五島 諭

11. あそこ
望月裕二郎

12. やさしいぴあの
嶋田さくらこ

[第 2 期全 12 冊]

13. オーロラのお針子
藤本玲未

14. 硝子のボレット
田丸まひる

15. 同じ白さで雪は降りくる
中畑智江

16. サイレンと犀
岡野大嗣

17. いつも空をみて
浅羽佐和子

18. トントングラム
伊舎堂 仁

19. タルト・タタンと炭酸水
竹内 亮

20. イーハトーブの数式
大西久美子

21. それはとても速くて永い
法橋ひらく

22. Bootleg
土岐友浩

23. うずく、まる
中家菜津子

24. 惑亂
堀田季何

[第 3 期全 12 冊]

25. 永遠でないほうの火
井上法子

26. 羽虫群
虫武一俊

27. 瀬戸際レモン
蒼井 杏

28. 夜にあやまってくれ
鈴木晴香

29. 水銀飛行
中山俊一

30. 青を泳ぐ。
杉谷麻衣

31. 黄色いボート
原田彩加

32. しんくわ
しんくわ

33. Midnight Sun
佐藤涼子

34. 風のアンダースタディ
鈴木美紀子

35. 新しい猫背の星
尼崎 武

36. いちまいの羊歯
國森晴野